句集

真顔

Adachi Masayo

安達昌代

ふらんす堂

序に代えて

本書は作者の第一句集である。私どもの結社「秋」に入会されてから十四年目の句集だが、作者の作品は最初から領域が広く、表現も整理されていた。途中、一年ほどの休止期間があったが、復帰後は更に詩的感覚も豊かになり、二〇二一年からは「秋」誌の編集長に就任。新しい世代への編集部内の引き継ぎも着実にされてきた。

本句集については、どの句にも触れていきたいが、初めから内容を明かしてしまうのも読者にとっては興ざめというものだろう。各章から、二句ずつ特に印象に残っている句を紹介して道案内としたい。

第一章「約束の虹」では、次の句を引きたい。

　夕凪や父母のなごりの家広し
　手渡しの無骨な愛の牡蠣啜る

巻頭の句は、実家に久しぶりに戻っての、両親への懐旧の情を詠んだ句か。「夕凪」で暑苦しさを感じる時間帯かもしれないが、「なごりの」広やかさに懐かしさがつのる。全体の音韻もなだらかで内容に即している。

二句目、かなり思い切った愛情表現の句である。飾りなき直接的な「無骨な愛」の実質的な重みこそ、浮つきない愛の根幹（とはやや大仰か）。無論、殻付きの生牡蠣ほど旨いものもない。

第二章「発光体」の章では、

海亀を迎へに来たる女波かな
マスカット少女の中の発光体

の二句に触れておきたい。産卵後の海亀が海に帰って行く風景かと思うが、母なる海のやさしい「女波」が無事な産卵をねぎらうように「迎へに来た」と言うのであろう。自然の中の大きな慈愛を感じる一句だ。

二句目は、マスカットの果肉の光に、少女の秘めた成長の光を瞬時に感じ取ったのであろうが、シャープな感覚の際立つ思い切りのよい句だ。もちろん、少女が食べようとしている葡萄である。

第三章「空の急所」は、作者再始動後の二年間の作品。特記すべきは次の二句である。

百獣の隊列満月の高速路

スノーボーダー空の急所を押し上げる

一句目、発想の起点は高速道路での渋滞あるいは低速運転している自動車群であろうが、舞台はたちまち物語性を強く帯びる。満月に照らされ車はそれぞれ既に獣に変身し、生存権を取り戻すべく百獣たちは威勢よくデモでも行っているかのようだ。句の表記は漢語が多く視覚的印象は固いのに、いったん想像の世界に入り込むと、解凍されたかのように獣の息濃く、力強い姿態が思い浮かぶ。奇想めくが詩的実感の強い句だ。

二句目は、「秋」の巻頭を飾った句。スノーボーダーが斜面から勢いよく空中へ飛び上がる。そのときに目指すべき「空の急所」があり、到達したらさらにその一点を「押し上げる」ように（多分回転）演技をするのだと。スノーボーダーの視界と矜持がありありと届いてくる。焦点の絞られたダイナミズムとでも言おうか。スポーツ俳句の記念碑的な秀句である。

第四章「零葉」の時期は、新型コロナウイルスの流行に対面句会中止などを余儀なくされた三年間とも一部重なる。

ウイルスに縮む世の丈鳥雲に

時禱書の零葉に秋の日のなごり

「ウイルス」の句は、ウイルスを報道の鵜呑みや再構成ではなく、その影響を日常生活感から探り起こして、「縮む世の丈」と可視化して表現したところに独自性が光る。下五の「鳥雲に」の春の光を得て、解決あるいは収束への予兆がうすうすと感じられる。

二句目の「零葉」とは、中世の写本彩飾を施された時禱書の一葉であろうか。祈禱書でありながら季節に即した自然や人間活動などが描き込まれているものもある。作者は、その一枚の風景に秋の夕暮を感じ取った。洋の東西を問わず、現代と中世の隔たりを問わず、作者の胸中には「秋の日のなごり」が癒しのように入り込んできたのだろう。素材の特殊性に振り回されていない健やかさを感じた句であった。

最後に、第五章「風門」では、〈プルリングに込める力や卒業子〉〈タラップへ飛び乗る春風のスカート〉〈轉をライスシャワーに子の門出〉など子の成長を言祝ぐ句もあり心癒されるが、ここでは次の二句を引いてみたい。

初 夢 の 大 気 圏 よ り 決 め る 着 地
炎 昼 の 都 市 に め り 込 む 古 墳 群

一句目、作者はどこをどうやって宇宙に遊び大気圏に突入して来たのか。夢なので物語は都合のよいところから始まる。だが、いったん大気圏に入った以上、着地を決めなくてはいけない。そこは夢の魔法。最後はふわりと着地成功。初夢とはいえ、この破天荒な想像力とユーモアの感覚も作者ならではのものだ。

二句目は、逆に現実に根差した発想。種を明かしてしまえば、北区王子の飛鳥山吟行時の作。古墳群が都市にめり込んでいるとは普遍性も感じさせる迫力ある風景のつかみ方だ。ビルのひしめき建つ都市の中に、古墳たちもそれぞれ奥歯のようにしっかりと大地にめり込みながら生き延びている。

現実把握力と想像力。作者の俳句の現代性はこの両翼の力を得て、今後もさらに自由に展開されていくことであろう。またそのことを大いに期待していると言い添えて、案内人としての筆を擱くことにしたい。

佐怒賀正美

二〇二三年　聖夜近き週に

真顔＊目次

句集

真顔

第一章　約束の虹

二〇一一年

夕凪や父母のなごりの家広し

百年の風の記憶や青棚田

わらわらと隔離の島に子蟹湧く

陸奥に約束の虹待ちてをり

蜩の声をしじまが追ひ来たる
うそぶけば忽ち響く星月夜

冬の日の湧き間に蒼き時生る
鈍色の笛吹川のしぐれ里

凍蝶のうすき胸よりうすき翅

二〇一二年

寒林の力地にあり天にあり

寒林や胸ひらきたる空の蒼

掛値なく生きて打ちたる薺かな

若き鬱捨てどころなく西行忌

ほんのりと娘の爪に春とまる

出国の子が二つ目の桜餅

日食の残像五月のラッシュアワー

青梅雨に手をかざす癖そぞろ神

ででで虫や独居の迷宮かかへをり

寄る辺なき空に火を吐く凌霄花

ひと息に髪洗ふ日付変更線

みちのくの子ら大人びて星祭る

雲一朶ぬり残したる秋の晴

まめやかに紫を解く桔梗かな

捨つるもの離れゆくもの木の葉髪

悴める子らケータイに繋がれて

煮凝や父の放心覗きたる

二〇一三年

尻もちをついて寝転ぶ春の山

燕来るこれより母屋風の家

紫陽花の白きを愛し生き抜かむ

少女期をとぢて開ける日傘かな

間なきゆめ銀の波紋の蟬しぐれ

雷に魂抜かれたり玻璃の街

病みし土ひまはりの波遥かまで

着地なき家族の会話梨を噛む

半月や人の傲りの滑り落つ

蒼穹の詩神はるかに銀杏散る

白湯ふふみ自我ほどけゆく小春かな

手渡しの無骨な愛の牡蠣啜る

鱈ちりの白身ほろりと母の嘘

病にも朽ちぬ一語や冬紅葉

携帯の明かりのすれ違ふ寒さ

寒月へ導火線めく終電車

大年の身の空洞《ほら》とほる内視鏡

誰もゐぬ誰かの故郷冬の虹

二〇一四年

群青の海に沈みし卒業歌

草の餅脹れつ面も名を呼ばる

ハミングで己あやせる花曇

ハッピーエンドに続く頁や花曇

新緑の覆ひきれざる地の爛れ

軽々と死線越えなむ青葉風

滴りや子宮しづかに閉ぢゆける

遠郭公一族にある浮き沈み

萍の上の平和を手繰り寄す
雷光にさらす真顔の白さかな

さよならをみな置いてゆく芒原

赤札の子犬眠れりそぞろ寒

少年の薄きコートや風に折れ
乳香の雪のごとくに降誕祭

稜線に明日への決意冬茜

ダイヤモンドダスト記憶の欠片たち

第二章　発光体

二〇一五年

獅子舞の風を孕みて伸び上がる

筆もてぬ母の手柔し切山椒

薄氷や触るれば動く光の座

梅の香や月なき夜の師の句集

干鰈月光の身をほろほろと
迎春花子は惜しみなく光摘む

春雷や母の遺せし鍵手箱

バベルの塔逆しまにして栄螺焼く

弾痕の壁に立ちたるミモザ売り

白蝶の被曝の森に湧き出づる

復活祭燻る乳香むせぶほど
囀の止みてしづかに開く木戸

陽炎や基地のフェンスの長き道

銀輪のカーブふくらみ夏来る

入日舐め甃の上なる蝸牛

やんはりと窘められて新茶飲む

海亀や月の雫を産み落とす

海亀を迎へに来たる女波かな

裏返ることのはじめの蛇の衣

竹筒の団扇の数の人待てり

月かくれ鵜舟はひそと滑り出す

折り畳む鵜の首に射す月明り

形なき愛を固めてゼリー満つ

笑ひ上戸の娘よく泣く百日紅

天空の欠片冷たし青き芥子

井の底の己が目と合ふ終戦忌

終戦忌ししむら斯くも柔らかし

朝露に痩せし言の葉浸したる

霧の森四方に降りくる光の矢

山霧を抜け来て鷺の舞ひ下りぬ

街明かり霧に沈みて鼓動めく
マスカット少女の中の発光体

かまつかや水玉ばかり描く画家

十三夜傷ある人を愛しめる

黄落の奥へ奥へと宙を踏む

烏瓜割れば生々しきまこと

林檎ごろり輝きながら朽つ

林檎剥く用心深き姉の恋

光芒を曳きて清けし冬の虫

一枚にひとつの軌跡落葉降る

鯨の歌を忘れし我ら漂泊す
隔たりて豊かなる時鯨鳴く

ひりひりと寒月光に身を洗ふ
天狼に射貫かれて明く胸の虚

天狼や忘れ去られし黙示録

大鷲を信仰に似て待ちゐたり

肋骨で笑ひて凩やり過ごす

湯たんぽと孵化する時を待ちてをり

寒月下流浪の民を吐く終電

二〇一六年・二〇一七年

双六の上がりは小さき星のうへ

雛の顔古りてさかゆく白さかな

風光る平均台の下は海

海おぼろ無量の声の満ちみてり

花吹雪旅荷を下ろす草の上

天柱に蔓薔薇の芽のひたすらに
近づけば遠のく詩神桐の花

黴の香の万巻の森に逃げ込めり

遠き日の眼の色の泉かな

釣り上げし真弓の鮎や日矢弾く

香水の壜の数だけ顔持てる

はらはらと星屑落つる灯蛾かな

夜間飛行やがて小さき火取虫

炭酸の抜けしこの世に三尺寝

臍の緒の端は銀河に接ぎしまま

答へなき命題に倦み林檎割る

日常の崩るる速さ黄落期

光より生まれし我ら末枯るる

借りもののこの身の罅に秋を継ぐ

知るまでの秘密の重みほど柘榴

肉体と魂に隙間や虎落笛

街の辺に寄せては返す落葉かな

第三章　空の急所

二〇一八年

暫し名を脱ぎし自由よ枯木立

化粧水あまく匂へり雨水の夜

春光ややがて調べとなる音階

迷ひ人数へつづける叫天子

無添加の言葉が欲しい朧の夜

泣き顔の父のほほゑみ朧なる

あめんぼの一歩世界に拡散す

握りたるカードはエース青葉風

無辺なる夜を煽るなり金魚の尾

百科事典未知の世界の黴びてをり

未分なる世界のはじめ梅雨の海

味うすきメロン頬張る黙の家

辛うじて固まるゼリー家族の座
泉汲む誰かのためにできること

竹皮を脱ぐ東京の真中に

新涼や途中下車して沖愛づる

かまつかやぐるりと目鼻なき世間

蓮の骨ロックンロール鳴り止まず

寒林にかざせば擬態しだす指

結氷の湖の真中の揺らぎをり

剝きかけの地球そのまま雪まくり

一瞬の初富士特急沸かせたる

二〇一九年

魚は氷に上り華甲の扉《と》のひらく

使はざるはずの兵器や獺祭

蝶生まれ翅に確かむ世の気配

初蝶の触れしものより呪縛とけ

遠野火や一元の幕閉ぢゆける

湧きあがる万能細胞夜の桜

頬に散る花ひとひらの微温かな

落花浴ぶ硬きこの世に爪立ちて

新緑に押し戻さるる基地の柵

蛍火や吸ひこむ夜気のとろみたる

泡をもて追ひつめてゆく黴一味

幼霊の祖父のあぐらに遊ぶ盆

ひぐらしや足下に厚き洪積層

銀河浴ぶ人間の森抜け出して

百獣の隊列満月の高速路

秋夕焼たどり着きたる無人カフェ

冬紅葉モノクロ写真に死者の声

グスク冬祖霊の道の燃えのこる

落葉道に弾み時々傾ぐ未来

聖夜待つ暦の窓のちぎれさう

スノーボーダー空の急所を押し上げる

第四章　零葉

流星のをちこちへ向く御慶かな

二〇二〇年

天鈴の音を地に撒きて氷《し》花《が》流る

迎へうつ未知のウイルス梅真白

ウイルスに縮む世の丈鳥雲に

途中まで翅になる気の木の芽かな

防災無線ひびく合間も囀れる

うす積もる花に白杖止まりけり

待ち合はすネットの中の春の野に

フェイスシールド夏めく街の歪みたる

洞窟《がま》の黴無念の瘴気いまに吐く

白南風やガラスの部屋に海を呼ぶ

雨の日も上がる噴水世に紛争

夏野より鉄の翼を掘りおこす

冷房のタクシーに懺悔室の匂ひ

あいまいな日本の私枇杷する
監視モニターはみ出しさうな燕の子

賽の目のマンゴーくるりと返し恋

房バナナと明日の好運わし摑み

結婚てふ長き賭け事メロン熟す

砲弾のごとく荷台に積む鳳梨

ペトリコールハレルルヤ響く旱野に

スマホより覗くクレバス雲の峰

田んぼアートのアマビエ残す秋祭

唐辛子うねるサルサの中年期

秋風を吸ひ込む小さき嘘のあと
バッタ群る疾く青空を食べ尽くし

灰青のサガンの海や九月尽

ほぐれたる拳は千手菊日和

宙の駅めざす秒読み菊日和
散る色葉捉ふる遊び果てもなし

日に遠く乳の香けぶる花八手

惑星のほどよき距離に冬至風呂

どの種も誰かの主役おでん鍋

焚火よりランプに移す森の息

コンビニに子らと落葉の吹かれ寄る

数へ日の朱を溢れさせ雲のふち

二〇二一年

ラピスラズリの画面立ち上げ初仕事

寒雀時代のごとく群れ立ちぬ

手に触れて手の応へたる寒見舞

言の刃のすべり落ち大寒に罅

堕天使の片翼に垂れ春氷

マリンバの哀歌に揺るる迎春花

春泥の轍の先に未知の星

経るほどに水の色なす桜かな

もう一日生きよ菫が咲いたから
菜の花や飼ひ馴らされで小市民

錬金の秘術に死の香薔薇幾重
新緑の壁の向かふに被曝原

ブラインドに細き新緑ウェブ授業

次々と笑ふ絵文字やはじき豆

傘の骨拉げたままに桜桃忌

白南風や一湾の肌理ととのひぬ

洗ひたてのシャツに落款天道虫

あつさりと主役奪ひし茗荷の子

ブラッドムーンに兆す脈動青葉騒

一つづつ呼び名を脱ぎて泳ぐなり

日傘ごと手を振る遠き岸辺より
さざ波す簾越しなる夕空は

うち脱ぎし浴衣に花のやうな芯

香水と恋の捨て方難しき

錬鉄の門をすり抜け青蜥蜴

悲しみは言へぬ鸚鵡や八月来

コスモスの微動だにせぬ胸騒ぎ

錦秋に迎へる木乃伊使節団

スキャン済む木乃伊の一世星流る

没薬の封印解かるる夜長かな

葦原の風の音ひびくシストルム

※シストルム：古代エジプトの打楽器

時禱書の零葉に秋の日のなごり

小鳥来てガラスの空に打たれたる

なだれ込む懸崖菊の先に径

栗羊羹読めぬ空気を切り分けて
明かりへと集まる性や酉の市

蜜柑トロッコ青海原へ滑走す

迫り上がる咳もろともに漢泣く

白障子家の鼓膜のそこここに

極月の迂回路の無き荒野かな

第五章　風門

警笛の和音放てり初列車　二〇二三年

初夢の大気圏より決める着地

湖心へと水鳥すべり出す淑気

軒氷柱凡夫の家に棲む狂気

鷹鳩と化し百歳を越えむとす

盗蜜の鳥でにぎはふ大桜

ハロン湾の南風あふげる月下香

白南風を追ひ越してゆく十七歳

跳躍の頂点しづか青嵐

人の手の降らす火の雨麦は穂に

アトリウムの中の永遠夕立過ぐ

亜麻色のでで虫のぼる夜空かな

嵌めころしの窓に嵐や夜の金魚

炎昼の都市にめり込む古墳群

記念物と呼ばれはんざきの欠伸

髪洗ふ海への扉開け放ち

一瀑を入れしスマホの持ち重り

沖縄に片虹の緋の滲みをり

八月の雨後の木揺らし浴びる煌《きら》

新涼の窓辺に聴ける木の寝息

仮想敵が常の相棒いぼむしり

唐辛子の種の白さや反抗期

退避路の無限階段めく夜寒

滑翔に微かな震へ冬の凪

露座仏に海人の胸筋冬青空

風門の二つ背にある寒さかな

空《うつほ》木《ぎ》に獣《しし》と眠れる神の旅

ブロッコリー消えゆく森のフラクタル

ジンジャーブレッドマン真顔もゐる聖夜

二〇二三年

千重波に揺るる灯標去年今年

去年より五センチ高く初暦

雑り気の無きものの好む嫁が君

人日や歪に焦げるパイの皮

降る雪の幽かなノイズ総身に

強東風に拾ふメリーポピンズの傘

大江健三郎自分の木へと還る春

プルリングに込める力や卒業子

タラップへ飛び乗る春風のスカート

野遊びの五役を熟す一人っ子

チューリップ天真として香を持たず

囀をライスシャワーに子の門出

蜷の道水の中にもある荒野

老桜よけて地瀝青のくねり

ブロンズの裸婦の弾力雲の峰

窓際の金魚は空に繰り出せる

山椒魚硬きふりして生き通す

御器かぶり崩るる街を置き去りに
旱梅雨人新世に積もる灰

熱砂巻きアクセル踏み続ける妄信
八月の壁に埋もれてゆく背中

天の川フォルクローレの輪舞の炎

息かけて鳴かぬ邯鄲煽りたる

あとがき

褒められた話ではないのだが、「秋」への入会は二度目になる。二十代の頃西武教室の句会に参加し、連衆の並々ならぬ熱気に触れて俳句の深淵を覗きかけたが、生活の変化にかまけてフェードアウトしていった。

　それから四半世紀余りを経て思いも寄らず再び門を叩いたのは、時の為せる業としか言いようがない。日常の言葉では処理し切れぬものが私の中にも堆く積もったということだろう。それは俳句でなくともよかったのかもしれないが、俳句であったことに感謝している。句作という極めて個人的な営みと句友を同時に得ることができた。途中、人並みに病も得て一年間療養したが、これもまた得難い経験であった。ぴったりと張り付いた肉体と魂の間に隙間のできた軽やかさは今も続いている。

集団との繋がり方が不得手な私でも句会に通い続けていられるのは、俳句という文芸の器の広さと「秋」という結社の寛容さ誠実さのお陰であるとつくづく思う。これからも句作を通して、この世界と新しく出会い直してゆければ嬉しい。
最後に、ご多忙中にもかかわらず選句と序文を頂いた佐怒賀正美「秋」主宰に心から御礼を申し上げます。

二〇二四年一月

安達　昌代

著者略歴

安達昌代（あだち・まさよ）

一九五九年　千葉県生まれ
　二十代の頃一度目の「秋」（石原八束主宰）入会
二〇一一年　二度目の「秋」（佐怒賀正美主宰）入会
現在　「秋」編集長　現代俳句協会会員

現住所　〒一八七-〇〇二一
　東京都小平市上水本町一-一〇-二三-八

句集　真顔　まがお　第三次「秋」叢書8

二〇二四年四月一七日　初版発行

著　者――安達昌代
発行人――山岡喜美子
発行所――ふらんす堂
〒182-0002 東京都調布市仙川町一―一五―三八―二F
電　話――〇三（三三二六）九〇六一　FAX〇三（三三二六）六九一九
ホームページ　https://furansudo.com/　E-mail info@furansudo.com
振　替――〇〇一七〇―一―一八四一七三
装　幀――和　兎
印刷所――日本ハイコム㈱
製本所――日本ハイコム㈱
定　価――本体二六〇〇円+税

ISBN978-4-7814-1647-2 C0092 ¥2600E

乱丁・落丁本はお取替えいたします。